나뭇잎 편지

| 다름시선 004 |

나뭇잎 편지

손준식

다름북스

해질녘이면 나의 고향 '웃갓'이 생각납니다. 그곳엔 보고 싶은 어머니와 나의 어릴 적 향기가 살아 있습니다. 지금이라도 달려가면 만날 수 있을까요.

그리움에 시든 마음 다독이고 위로할 때마다 시 한 줄 쓰고 엮는 일이 유일한 즐거움입니다.

첫 번째 시집 《어느 민들레의 삶》에 이어 두 번째 시집 《나뭇잎 편지》를 묶습니다. 나의 고향과 나의 가족과 내가 걸어온 계절과 나의 모든 것들이 함께 성장한 시집이어서 든든합니다.

사랑하는 나의 벗이여.

잠 못 드는 밤, 나의 시어로 엮어낸 내 입속말들을 가만히 귀 기울여 들어주면 좋겠습니다. 때론 속삭이고 더러는 가슴으로 노래하고 어떨 땐 생뚱맞을 정도로 소리 지르기도 하는 나의 이야기를 들려주고 싶습니다.

이번 시집이 나올 수 있도록 지도해주신 유한근 교수님께 감사드립니다. 나를 위해 변함없는 사랑으로 격려하고 응원을 아끼지 않은 가족과 지인들을 생각하며 한 분 한 분께 고마움을 전합니다. 언 땅을 헤집고 나와 노랗게 피어나는 이른 봄 복수초처럼 문학의 길 향해 언제까지고 정진할까 합니다.

2024년 2월
손준식

| 차례 |

제1부 | 빈자리

제2부 | 나뭇잎 편지

제3부 | 여름밤의 꿈

제4부 | 먼 길 떠나기 전에

평론 | 유한근

제1부

빈자리

질투 너는

제 열에 받쳐
못난이 되어
앞뒤 분간하기 어렵다
너는

뜨거운 용광로 속
담금질한 쇠붙인 양
붉다 못해 파랗게 질린다
너는

시앗 싸움에
뛰어드는 용감함은
장대하지만
옹졸한 심사틀림 비호감이다
너는

호박꽃

꼬부라진 골목 흙담 위
정다운 얼굴 하나
누가 말했나 못 났다고
황금 숲 떨림 속에
피어나는 너
어느 누구보다 아름답다

까칠한 탱자나무 마다않고
외로움 어루만져주듯
살갑게 볼 비비며 기어오르는 몸짓
순애보가 따로 없다

티 없는 주황색 미소
벌 나비 덩달아 바쁜 날갯짓
가슴 속 품어 안은 애호박
살짝 얼굴 내민다

다홍실 사랑

당신은 고무풍선이구나
아기 다루듯이 만져야만
터지지 않는
언제나 이어진 끈 풀고
하늘로 오르고 싶은 질소 덩어리

가지고 싶다고
억지 부리면
당신은 더 멀리
날아가 버리는
청개구리 화신이구나

대청호는 알고 있다

이골 저골 이어지는
수몰된 황톳길이
눈에 선한 밤이면
별들은 신기루 사다리 타고 내려와
말을 건넨다
대청호에게 눈 깜빡거리면서

숙이 어머니 안방에 묻어둔
쿰쿰한 청국장 냄새 아직도
물 위에 떠다니는지
우물가 콩비지 갈던 맷돌은
지금 잠자고 있으려나
대추나무 매어 놓은 그네는
요즈음 붕어 가족이 타고 있을까

초롱초롱 별들 맥없이 던지는 말들
열 손가락 수천 번 꼽고도 남는
가슴 시린 지난날 이야기
이런 밤이면
대청호는 밤잠을 설친다
숙이네 툇마루 묻어나는 박꽃 같은
이야기 들으면서

어비계곡

모든 시름 끌어안고
빙수 되어 흘러내리는
어비계곡

모진 풍파 시달린
형형색색 바윗돌
내 손 어루만지며
인생길 쉬어가라 눈짓한다

솔바람 불 때마다
웃음소리
해맑은
소풍 나온 올갱이 형제들
내 발등 간지럽힌다

정월대보름

밝은 달빛 속 제 그림자 보고
놀란 삽살개
둥근달 쳐다보며 짖어대는데
이 밤은 빠르게 깊어만 가네

코로나 불청객

찾아올까 두려워
불안한 마음
꽃비 내리는 날
씻겨 나갈까

코스모스 꽃길에서

고추잠자리 날개 위로
시월 햇살 파르르
꿈꾸는 오후
도돌이표 찍어보는
코스모스 꽃길

저만치 피어 있는
가녀린 꽃잎 위로
떠오르는
쪽진 친정엄마

살아생전 자식 사랑
꽃길 위로 흘러내리네

나는 한 마리 노랑나비
뱃전에 날개 접고 앉으리

적요寂寥

춘천가도 골목
노란 꽃잎 입에 물고 서 있는
아담한 해바라기
눈 시린 태양 하얗게
제비집 같은 카페 뜨락

솔개

날개 펴고
까만 점 되어
허공 위로 날아오른다
도화지 위 그려놓은 듯한 논밭
가르마 농로
눈보라 속 피어나는 복수초 노란 꽃잎

빈자리

비 내리는 밤이면
내 마음 창문 사이로
빗소리 되어
그대 창가 두드리리

밤새워 못다 한 이야기
밀어 품은 채
신기루 타고
그대 찾아 떠나가리

처마 밑 낙수
눈물방울 되어
헤집은 생채기 되새기며
그대 떠난 빈자리
맴도니

비에 젖어 흐느끼는
내 마음
흐르는 빗줄기
한 가닥 휘어잡고
이 밤 허전함 달래 보네

바지랑대

밀밭 깜부기 닮은 내 인생
인정 어린 너 믿고
햇볕 쨍쨍한 날
널어 말려야겠다

한나절 가시광선 쬐면
번뇌 곰팡이 떠나가겠지

평안 찾은 내 마음
흐드러진 이팝꽃잎 되어
너 따라 꿈길 위로 날아오르리

핏빛 멍울

홰치며 우는 장닭 소리
보리밥 뜸 들이는 구수한 내음
하얀 행주치마 분주한 어머니

장죽 담뱃대 허리춤 꽂고
새벽잠 없이 온 동네 주름잡던
우리 할머니

간밤 꿈 속 풍경인데
창문 열고 바라보니
건너편 아파트 불빛 하나 둘

며칠 남지 않은 음력설
어제가 오늘
오늘이 내일이건만
간밤 풍경이 지워지지 않는다

민들레의 꿈

담벼락 시멘트 좁은 틈새 비집고
조심스레 내다보는
노오란 얼굴 하나
그 모습 애처로워
물 한 모금 먹여 주고 싶다

보도 위로 현기증 불러오는 삼월 햇살
가는 발걸음 멈추어
눈길 머무는 곳
개나리 벚꽃 화사한 웃음
매혹적이다

발 아래서 부러운 듯 살며시
웃음 짓는 민들레 네 모습
밥인 양 인고를 먹고 사는
내 자화상인가 보다

너와 나
하얀 깃털 감싸 안고
봄바람 친구 삼아
행복 숨 쉬고 있는
낮은 초원으로 날아가자

가시나무새

미련한 희망 기지개 켜는
새해 첫날 아침
까치소리 거두어들이는
귀방울 지푸라기 꿈

생각 없이 떠다니는 세월
도돌이표 찍어 되돌려 보내고 싶건만
일월일일 달력 한 장
가시나무새 되어
그의 가는 길 보살핀다

이렇게 새바람 불면 내 마음 속 깊이
묻어 두었던
지난날 불타오르던 열정 슬그머니
용트림한다

가는 세월 멈추게 하고프나
나이테 멈추게 할 수 없어
순리대로 떠나보내고

풍경소리

댕그렁
보탑사 추녀 위 풍경 울리니
청보리 익어가는 길
바람결 따라 떠나간다

어디선가 정겨운 목소리
비틀거리는 여정
쉬어가고 싶다

아픈 마음 연잎 되어
조아리니
목마름 적셔 준다

백팔염주 심지 되어
연등 밝히고

함박눈

하늘길 하얗게 드러나는 날
은빛 낭만에 취해
뽀드득 발자국 따라
저 멀리 걸어가고 싶다

그냥 바라만 보아도
가슴 설레는 그대
솜이불 온정 베풀어
재활의 단꿈 꾸게 한다
메타세쿼이아에게

대지 위로 온기 넘쳐
메마른 내 가슴에도
펄펄 사랑이 넘쳐 흐른다

제2부

나뭇잎 편지

단발머리 여자아이

샛길을 달음박질하듯
한 다리 두 다리 번갈아가며
나무대문 열고 뛰어가는 너

대청 한가득
잊고 지낸
햇감자 김이 오르고

어머니 남동생 잠재우는
부드러운 손길이 눈물겹고
할머니 장죽 터는 소리
걸쭉한 헛기침에

모래성 무너지듯
허무하게
새벽잠에서 깨어난다
양 볼에 흐르는 찬 기운 느끼면서

용띠 남동생

용띠로 태어나서
그 기운 이기지 못해
바삐 승천한 것인가
빛바랜 사진 속 머슴애야

차라리 이무기로 남았으면 좋으련만
갑진년 푸른 용띠 해 원망스럽다

까만 교복 까까머리
너는
검은 용이 되었겠구나

두물머리 잠든 어머니
눈 감겨 드리러 가자
여의주 내려놓고

어머니 치매

그래도
지난날 시집살이 못 잊어
새벽차 타고 가야 한단다
시어머니 밥해주러

단정한 옷매무새
아침이슬같이 맑은 정신 줄
어디에 걸어두고
보는 자식 아픔 외면한 채
백지로 화해 버렸을까

밤새운 날이면
입술이 애벌레 된다
하얀 허물 뒤집어 쓴 채

꿈 속 창가에서

넘실거리는 벼이삭들
허수아비 오수 즐길 때쯤
쪼르르 날아드는 아기 참새들이

둥지 찾아 떠날 때쯤
저녁 노을 그림자 따라
수태 아재 꼴망태 메고 오는
허기진 발자국 소리

부엌 문지방이 닳도록 넘나드는
어머니 하얀 행주치마 폭 사이로
흙담 아래 피어나는 아담한
소국 향기

추억 샘물 한 두레박
시린 가슴 만추에 취해서

꽉 찬 가을빛 속으로

한티재 오솔길
꽉 찬 가을빛 주체할 길 없어
억새풀 서걱거리는 소리 따라
갈바람이 그려내는
풍경화 속으로 걸어가고 있다

눈부시다 못해 서러운
단풍길 위로
노란 바람 되어 휘감겨오는
물든 나뭇잎새들
너와 나 간직한 고향 웃갓 들머리 이야기
퍼나르고 있다

가을이 숨죽이고
홍조 띤 얼굴로
따스한 눈길 보내는 십일월 오늘 하루
우리네 고향 친구
가을빛 속으로 스며들어
얼싸 안고 불타오른다

해후

가을볕 머리 이고
소슬 바람 살가워
자하연 보금자리 털고 일어난 그대

조카 내외 약주 한 잔 올리니
너털웃음 허공 위로 날아오르고

눈 감으면 맞닿는 손길
이승저승 한길 되어
칡넝쿨 위로 뻗어간다

묘지명

자하연 공원묘지 위
노송 그늘 아래
안타깝게 우는 솔바람
나 떠나거든 그 울음
허공 위 배회하는 까마귀
검은 망토자락에
담아 보내자

신록 숲 풀잎 할미
고이 품어 키워온
분신 같은 나의 손주들
멍들까 두렵다

달무리 지면 그대는
그림자 너울 쓰고
솔향 불러 모아
그리운 마음 삭여 버리길

빈 방

가버린 그대
아직도
기다림 가득한데
내 가슴 한편 비워 놓은 방

오늘도 미로 속
지친 다리 녹이고파
꿀차 한 잔 올렸건만
갈바람 손잡고
빈 방 떠난 그대

나뭇잎 편지

남한강 물 젖줄 삼아
팔남매 키운 어미 느티나무
현모양처 놀이 하느라
삼백 줄 넘나드는 나이테
잊은 지 오래다

폭풍우 지나가며 할퀸 몸통
숯덩이 된 지 언제든가
가물거리는 기억 속으로
내 모습 파고든다

햇볕 정다운 오늘
강 바람 배달부 편으로
진심 담은 나뭇잎 편지
띄워 보낸다

칡넝쿨 업보

외로운 혼령 숨어드는 날
하얀 꽃잎 사이로
그대에게 전하고픈 말
사랑

따뱅이 안겨준 사람
은하수 길 별 되어 떠나니
그 마음까지 무너지는
그리움

박하차 우려내니
환시幻視에 떠도는 그대와 나
칡넝쿨 인연

비릿한 풀 내음새
멍한 마음 달래주네
바람 없는 물거품 인생
전생 업보

호롱불빛 희미하건만

깊어가는 겨울 밤
창호지 문틈으로 흐르는
하얀 달빛 등에 업고
바늘귀 실 매달고
양말 기우시던 우리 어머니

희미한 호롱불 심지 타는 기름 냄새
그 옛날 고향집 식구들이
불현듯 그리워진다

모두들 하늘 저편 은하수로
생전 못다 한 유람길 떠났나

한 쌍의 원앙이 된

싱그러움 피어오르는 오월
빛나고 성스럽고 복된 오늘
온누리가 우리를 축복해주네

뜨거운 사랑의 흑기사
꽃향기 품은 공주
우리 두 사람
한 쌍의 원앙 되어
저 푸른 하늘 향해 마음껏 선회하고
행복한 보금자리 만들어 보자

아!
이토록 가슴 설레고 빛나는 날에
우리 두 손 맞잡고
사랑의 약속으로 엮어 만든 환희의 깃발
힘껏 흔들어 보자

천상배필 만나 어버이 둥지 떠나는 날
그 따뜻한 마음 남아
물안개 피어오르는
새벽 신선함으로 묻어온다

노을 지는 길목에서

해넘이 저편으로
숨어드는 계묘년 들녘
팔십고개 바라보니
노을 지는 길목이 서럽다

밭고랑 새싹 움트는 소리
초록 내음 맡고 싶어
빛바랜 인생 일기장 첫 장을
펼쳐 본다

첫국밥 짓다가
부지깽이 팽개치고
줄행랑쳐버린
이동댁 할머니
정월 초이레
초승에 계집애 태어났기에
기분 상해서
신기가 발동한 모양이란다

태곳적 첫울음 울던 그때가 그리워진다
풋풋한 어머니 산실에서
노을 지는 길목에 서니

행복이 피어오르는 날

함박눈이 흰 목련꽃 피어나듯 탐스럽게 내리는 오후 큰손녀가 내 손에 쥐어준 결혼식 청첩장 그 순간 손주사위 생겨서 기쁜 마음 잠시 손녀 보내는 마음 문 지방 넘어가지 못할 것 같았다

어제같이 아기이던 손녀 시집 간다니 세월은 눈 한 번 깜박하는 사이 십리도 더 간다는 생각이 든다

갓난아기일 때부터 내 손으로 키운 손녀이기에 남다른 감회가 오는가 싶다

지난 날 고사리 손잡고 오류동 골목길 누비던 생각을 하니 옛 추억이 주마등처럼 지나간다

다섯 살 될 때까지 손목 잘록 몸집 통통하여 놀이터 미끄럼틀 올라가기 힘들어 하던 모습이 귀엽고 우습기도 하여 박수 치며 안아서 올려주곤 했었다

유치원 재롱잔치 할 때 앙증스런 모습이 흰 눈발 타고 클로즈업 되어 지금 나에게로 날아드는 것 같다

초등학교 알림장 점검하는 일도 무척 나를 기쁘게

해주었는데……

　무엇보다도 그림 일기장을 같이 보다가 어항 속 물
고기 그림 중 제일 큰 물고기를 할머니라고 써 놓아서
감동의 눈물을 흘렸던 기억이 난다

　결혼 할 남자친구 소개도 제일 먼저 나에게 해주
어서 키운 보람이 있구나 싶어 내 마음은 무지개 타고
하늘을 나는 것 같았다 신랑감도 듬직하니 예의 바른
게 마음에 들었다

　창문 열고 하늘을 바라보니 아직도 흰 눈은 하얀
면사포를 대지에 드리운 듯 소리 없이 내리고 있다 그
위로 이어진 백설의 세계로 손녀와 손주사위 손잡고
웨딩마치 울리며 걸어가는 것 같아 내 입가로 장밋빛
미소 피어오른다

이장移葬

친정어머니 저승 집
이사하는 날
윤사월 초이레
하늘의 문 좁은 집에서
탁 트인 자하연 집으로

굽이굽이 두물머리 길목마다
꽃다지 제비꽃 팔 벌려 환영하고
나팔수 세미원 팡파레 울리네

저 멀리 연꽃 봉오리들
환영하듯 터지는 소리 정겹고
대리석 상석 위 커피 한 잔 올리니
산들바람 사이로 얼굴 내민 어머니

웃갓 냄새

너와 나 손잡고
걸어보는 이 길
고향 냄새 배어 있는
낙화담 오솔길

앞산 소나무 노송 되어
초록 물비늘 냄새
일렁일렁 슬렁슬렁

흰 손 내밀어 반겨주는 억새
강아지풀 도깨비바늘 푸릇한 냄새
덩달아 아는 체 한다

훈남 아저씨 굴밤나무
도토리 열 알 쥐어주며
'옛 동산에 올라' 부르라 한다

*웃갓 : 내 고향 칠곡군 지천면 신동리의 마을 이름

새벽 안갯길에서

하얀 너울 두르고
소리 없이 다가오는
새벽 안개 고요한 거리

낙엽 진 풍경 속으로
홀로 서성이는 여인은
눈망울 가득
그리움에 젖은 붉은 사슴

희미한 헤드라이트 불빛 사이
끝없는 미로를 향해
꿈 꾸듯 헤맨다

남루한 몸 짊어진
고달픈 사람들
고즈넉이 다독이는 촉촉한 소리

이 가시나야

이 문둥아 잘 있었니
경상도 가시내 첫 마디가
달콤한 백 마디 인사치레보다
조청같은 끈끈한 정이
목젖을 타고 내린다
그 목소리 그리워
핸드폰을 두드려 본다
뜨끈한 밥시기 잘 먹고
추위 타지 말거래이
흰 머리카락이
득세하는데도 너는
내 영원한 노스텔지아
이 가시나야

제3부

여름밤의 꿈

십이월 끝녘에서

석양이 흘리고 간 노을이
명화의 한 폭같이 깔리던 날
무언無言의 밀어로
내 발목 잡은 그 사람이
불현듯 보고파진다

숱한 미운 정이
연민으로 변해버린 탓일까
뒤엉킨 동아줄 끝이
보이지 않는다

십이월이 두고 간 그루터기에서
통회痛悔와 성찰 끌어안고
내 마음 달래어 본다

나이

동지가 지난 어느 날
배탈이 났지
매무새 흐트러진다고
절식 권유했건만

시계 바늘 초침 소리만 들어도
허기가 지는
체질인가 보다
타고난 건 어쩔 수 없지만

맑은 날 야산 황톳길
맨발로 걷다 보면
너에 대한 건강 염려증
솔바람이 데려가겠지

평화의 기도

묵주 한 알 한 알 세면서
평화를 심는다
바다 건너 끝없이 일어나는
참화慘禍를 위하여

아무 죄 없는 난민들
어린아이 눈망울에 담긴
공포와 슬픔들이
어미 잃은 새끼 고라니 되어
미로를 헤맨다

손 놓고 바라볼 수밖에 없는
안타까움에
기도를 올린다
뉘엿뉘엿 넘어가는
해넘이 저편 향해
포화 소리 그치게 해 달라고

세모歲暮에

벽에 걸린 마지막
세월 한 장
넘기려는 손이 떨린다
섬광처럼 지나가는
뿌연 안개같은 지난 일들이

새벽닭 울기 전에

이렇게 겨울비 내리는 밤
무슨 심정으로
먼 길 떠나려 하는가
누구도 가고 싶지 않은
험하고도 무서운 낯선 길을

네가 매일 보내주던 카톡
정다운 말들은 어찌하라고
속절없이 가야겠다면
무거운 봇짐일랑 문설주에 걸어두고
흰나비 손잡고 가려무나

나의 벗이여
가다가 힘들고 서러우면
삼도천 뱃사공 멀리하고
되돌아 오너라
새벽닭 울기 전에

길목에서

순교한 성인聖人들 숨소리
들리는 것 같아
발 아래 수북이 쌓인
노란 은행잎 상수리 이파리들도
숨죽여 가며 바스락거려

찌든 내 가슴
솜털같이 가벼워져
쪽빛 하늘 쉼터
널따란 바위 아래로
십일월 붉게 타는
애기 단풍

쌍둥이가 된 동창생

마주 잡은 친구 손등 위로
영화 필름처럼 돌아가는
범벅된 모습들이
장맛비 냇물 넘쳐
선생님 등 빌려 집에 가던 철이는
귀여운 머리카락 대신
정수리에 형광 모자 빛이 나고
이십대 미니 스커트 부츠에
긴 머리 뽐내던 숙이는
반백머리 실핀 꽂고
이마에 나이테 서너 줄 그은 채
실눈 되어 있다
너와 나 쌍둥이 모습된
초등학교 동창회
오랜만에 나가 보니
나온다 허한 웃음

한가위

보름달 휘영청
공항 가는 길 분주한데
이름 잃은 봉분 위로
술 한잔 올리면
메마른 혼령
눈물 흘리네

가을빛 속으로

달맞이꽃 안내로 찾은 이곳
가을빛 젖어드는 한강물
은빛 물결 따라
떠나가는 여심女心
강바람 손잡고

코스모스 언덕 누워도 보고
들국화 향기 속 묻어둔
비밀 수첩도 꺼내 봐야지

깨알 글씨 한 권에 자리한
솜털구름 한 조각
해넘이 저편 숨어드네
풋풋한 나의 젊은 날

여름밤의 꿈

밤낮 잊어버린 쓰르라미
힘껏 목청 다듬으면
걸쭉한 맹꽁이 울음 소리 화답하듯
맹꽁맹꽁

원추리꽃 느지막이
피어 있는 한강 둑길
걷고 또 걸으면
포플러 줄 서 있는 고향길 나오려나

염원

임인년 새해 첫날
마스코트 흑범 토해내는 트림
코로나 변형 묘기
끝내라는 신호탄

코로나 바이러스
일광욕 시켜
말려 버릴까

마스크 벗어 들고
사이다 맛 공기
마시고 싶다

가을 속으로

맥없이 누워 있는 낙엽은
갈색 울음 머금은 채

내 마음 빗물 되어
공허함 가득 싣고
잿빛 하늘 위
까마귀 한 마리 둥근 원 그리며
날아가고 있다

어디론가 떠나고픈 시월
발걸음 한가득 그리움 싣고 보니
소국 향기 풍기는
고향집 뜨락
갓 쪄낸 햇고구마
툇마루 한가득 정이 넘친다

싶다

별빛 고요히 내리는 밤
때 묻은 사연 한편 내려놓고 싶다
떠나고

새벽 이슬 내리기 전
흐르는 눈물
그대 언저리 묻어 놓고 싶다
걸어가고

덧없이 쌓인 한숨 안고 사는
너는 들었겠지
구름 흐르는 소리
바람 가는 대로
떠나가고

유월 이 밤이여
꿈에서 깨어나라

십이월 송가

그리움 한 움큼 거머쥐면
어디선가 나지막한 발자국 소리 맴돌고
날 부르는 정겨운 목소리
메아리 되어
환시인 듯 허공 맴돈다
반가움 가득 날 울린다

숨가쁘게 허우적대던 날들
엊그제 같은데
이젠 빛 바랜 갈대
맵찬 서릿 바람에
무시로 무시로 눈물겨운 눈물겨운

기댈 곳은 오로지 반딧불이
사시사철 변함없는
고향집 샘물 되어

이 가을에

양수리 가는 길목
세미원 둥근 연잎
남한강물 위 펼치울 때

그대 찾아가는 내 발자국
영면 꿈길 위 메아리쳐
자하연 고갯마루 위
반가이 마중 나오려나

코스모스 한 묶음
살아 생전 즐기던 약주 한 사발
아낌 없이 주고픈 마음
소슬바람 편으로 전해 보고 싶건만

그 언젠가 가야할 외길
그대와 나 손잡을 날
접어 둔다
노송 그늘 아래서

성모님께

골고다 언덕 위로
흘리신 피눈물
강물 되어 흐르건만
성모님 아픈 가슴
백합꽃 되어
우리에게 향기 뿌려 주시니
눈물이 납니다

묵주알 가득 가득
두 손 모아 바치오니
너그러우신 자애로
품어 주시기를

세속에 집착하여
신심이 흐트러지는 날
마리아 군단의 위엄으로
다스려 주시기를
간청합니다

아드님 성자의 보혈로 이룩한
이 대지 위로
오월 햇빛이 눈부시게

내리는 날
성모님 푸른 망토에
입맞춤 올립니다

동짓달 밤거리에서

갈바람에 흩날리는 낙엽 위로
달빛 따라 흐르는 동짓달 밤거리
싸늘한 밤공기 실려 날아드는 나비 떼
잡고 보니 노란 은행잎이었네

희미한 가로등 불빛 속에
가물거리는 그리운 이름들이여
머나먼 하늘 밑
초가집 봉창 아래
십자수 실타래마다 매달린 밀어들

발 아래 뒹구는 낙엽길
오가는 발자국 바스락 소리 따라
동지 품은 밤은 깊어가고
고동친 옛 추억 숨소리 잡히지 않네

인생길 터널에서

인생길 구비마다
가로막힌 태산 준령
인내로 달구어진
망치와 곡괭이로
두들겨 뒤집고 엎어 이룩한
동그란 터널

나의 푸른꿈 붉은꿈
노란꿈들이
지나다니던 기다란 길
세월 흘러 터널 벽 틈으로
스며드는 빗물

소중한 꿈길 복원하고파
곡괭이 다시 들었건만
손끝이 떨려 오니
바람은 속삭인다

이제는 노란꿈 손목 잡고
참나무 우거진
풍경 그늘 아래서
쉬어 가라고

제4부

먼 길 떠나기 전에

소망

묘경 찾아 떠나고 싶어도
다리가 말을 듣지 않고
저염식 챙기느라
엄두가 나지 않으니
숯등걸이 되어 버린다

파도가 흰 가르마 되어
뱃전에 날아 오르고
새우깡 유혹 못 이기는 갈매기들
흔들리는 갑판 위
붙잡아 주던 따스한 손길 그립다

한바탕 봄 꿈 되어버린
내 가슴 속으로
하얀 불씨 되어 안겨드는
여명은 속삭인다
좌절은 금물이라고

내 영혼에게

1
신비스런 전율 느끼면서
한번 만나보고 싶은 너
개미굴 같은 내 마음 속이라
들어갈 수가 없다

2
햇빛 좋은 날
두 손 맞잡고
뜨거운 인사 나누면 좋겠다
하얀 정자 아래
커페라떼 한 잔 시켜 놓고
타인같이 외면하지 말고
닫힌 마음 빗장 열어
신선한 공기로
순환시켜 보자

3
겨울잠 드는 날
너와 나
바람 되어 떠날 텐데
하늘 위로 땅 위로

푸들 호두

너와 나 이별 없는
무인도 하나 만들고 싶다
내 마음 속 깊이

해풍 넘나드는 언덕배기
푸름 넘치는 초원 위로
내 사랑 푸들 호두 까만 눈동자
인슐린 굴레 벗어 버리고

무분별 간식으로
당뇨 백내장 오게 한
나의 미련함
섬 바위로 두드려
흰 거품 토하게 하여

원점으로 돌아가서
배려심 넘치는 보살핌으로
오래도록
너와 나 살고 싶다
희망의 섬에서

넋두리

고추 바람 등쌀에 떠나간 이파리들
봄바람 품에 안겨
새순 되어 돌아오건만
인생은
나목이 부러워
너를 풀어낼 때쯤
흙빛 어스름이
아파트 창문 두드리면
따뜻한 정이 여기 있는 것을

먼 길 떠나기 전에

타다 남은 사랑 때문일까
이루지 못한 욕망일까
먼 길 떠날 차비하다
길 위 내려 보니

새벽 안개 속으로
쏜살 같이 달리는 구급차
사이렌 소리
좁쌀 한 알 되는 푸른 낙엽

끝물 알리는 바람 소리 외면한 채
어제가 오늘
오늘이 내일이라
부르니
뽕짝이 한스럽다

소야곡

강 건너편 왜가리 한 마리
돌수제비 물 띄워 보냈건만
본체만체

한 다리 치켜들고 서 있는 하얀 모습
먼 길 떠난 사람 오길 바라는
내 모습 같다

멍한 바람일랑
강둑 널브러진 노란 금계국
진분홍 수염 패랭이꽃 위로
슬며시 가져다 놓고

홍천강 기슭 푸른 갈대
이슬비 젖은 모습 감미로워

잡초 같은

우리 두 사람
흐르는 세월 한 모퉁이에서
어떻게 만날 수 있었을까
생각할수록 가슴 먹먹해진다

전생 어느 길목에서
눈맞춤 하고
붉은 실타래 엮어
난기류 타고 지구별 왔는가 싶다

이렇게 겨울비 오는 밤이면
나는 순환 열차 승객이 되어
수수께끼 같은 인생 여정 떠난다
수학 공식 같은 삶을 동경하면서
잡초 같은 끈질긴 인연에
한숨 짓는가 하면
하루살이 만남에
눈물 짓기도

까마귀 한 마리

꿈 속 달력 추석 날짜 위에
남편이 덩그러니 앉아 있고
산바람이 내 손을 잡았다

제물은 본체만체
나는 술이 최고야 하면서
너털웃음 치는 소리
산자락 끝에 머리 위로
원 그리며 기웃거리는
까마귀 한 마리

상석 위에 마른 오징어
한 마리 찢어 놓고
종이컵에 술 가득
오는 길 뒤돌아 보니
눈물이 난다

팔당 물안개공원에서

강 건너 카페
저녁 마실 가는 소슬 바람
두물머리 왜가리 접은
날개 밑으로
어른거리는 그대 눈물

인생 역전

세라복 소녀 아기자기 꿈길 위로
삼월삼짇날
강남제비 물고 온 씨앗
뿌려 보니 씀바귀

눈꺼풀 잠재운 부드러운 세레나데
백년가약 주홍글씨
쓴맛도 단맛인 양
신기루 같은 세월

누룩 중독 지아비
병수발 이십여 년
돌담불 가시밭길
눈물 반 한숨 반 끈기로 일구니
탐스런 열매 주렁주렁

치악산 까치

살신 보은 까치 부부
댕~그렁
혼신 다하여 세 번 울리니
구렁이 손아귀 벗어난 선비 목숨

자정 고혼 된 까치 영가
운판도 슬피 우네

애틋한 전설 품은 치악산
험준한 능선 아래
진흙 분칠한 삭정이 집 만들어
초혼 기적 이루고 싶네
윤회 수레바퀴 굴리면서

까치

전생 못다 한 인연 따라
나오기 기다렸나
그대
까만 눈동자 그리움 한가득

바람 타고 내려왔나
솜털 같은 울음
하룻밤 정 주고

윤회 사슬 풀고
극락왕생
복된 환생
새벽 하늘 애기 별
서러워 눈물짓네

갈댓잎

산들바람 타고
서러운 사연
털어버릴까

황혼길 뜀박질하는 세월
돗자리 펴 놓고
한숨 한 자락 흘려 놓고

나목 마음

여린 이파리 품어 지나온 세월
낙엽 되어 떠나는 잎새
아려오는 마음

잿빛 비둘기
예나 다름없이 찾아오건만
가눌 길 없는 허리춤 허전함

늦가을 부는 바람 소리
스산함
내 울음 탓인가 보다

옷깃 세우고 지나는 황혼 나그네
등 뒤로 묻어나는
애수 어린 그림자

어미 품 떠나간 나뭇잎
세파 맛본 뒤
연어처럼 모천회귀 바랄 뿐

그대 눈물

잠이 오지 않는 밤
불 밝혀 보지만
잠자리 찬기로
맨발로 바람 속을 걷는다

들려오는 밤비 장송곡
이승 떠날제 흘린 그대 눈물
애증 속 피어난다

멍에

지나는 바람 소리 세어 보지만
세상사 흥미가 없다
나 홀로 짊어져야 하는 멍에
병실 창가 내려놓고 싶다

창밖은 눈부시게 빛나고
지나는 이들 발자국 소리
따라잡고 싶은 마음
안타까움 더해간다

번개 같이 찾아온
급성 신부전
낯설어 갈팡질팡

봄꽃 소리
쿵다닥 쿵닥
자진모리 장단 맞춰
오뚝이가 되고 싶다

올바른 길

잡새 울어대는
갈림길 위에서
머뭇거리다 보면
방향을 잃어버린다

떡갈나무 아래 구르는
도토리에게 물어본다
흰 구름 떠가는 곳으로 갈까
개울물 흐르는 오솔길로 접어들까

착잡한 마음 창문 열고 보니
이정표가 보인다
화살표 가리키는
올바른 길이

절제된 사모곡의 영성 미학

유한근

절제된 사모곡의 영성 미학

유한근
문학평론가·전 SCAU대 교수

필자가 아는 바 손준식 시인은 '귀 밝은 시인'이었다. 제1시집 《어느 민들레의 삶》에서 보여준 시 경향이 고향을 그리워하는 운율과 서사를 중시한 시였다면, 제2시집 《나뭇잎 편지》는 이런 맥락을 계승하고 변모 발전하기 위해 그리움을 절제하고 이미지를 중시하는 시로 변모하기를 시도하고 있다는 점이다.

이를 살피기 위해 먼저 '시인의 말'을 보자. 그는 서두에서 이렇게 토로한다. "해질녘이면 나의 고향 '옷갓'이 생각납니다. 그곳엔 보고 싶은 어머니와 나의 어릴 적 향기가 살아 있습니다. (…) 그리움에 시든 마음 다독이고 위로할 때마다 시 한 줄 쓰고 엮는 일이 유일한 즐거움"이라고 술회한다. 이런 점에서 그의 시는 고향을 그리워하는 모티프로 한 시가 많을 것으로 짐작된다. 그러나 그의 말을 더 읽어나가면 "사랑하는 나의 벗이여"라고 부르면서 "잠 못 드는 밤, 나의 시어로 엮어낸 내 입속말들을 가만히 귀 기울여 들어주면 좋겠습니다. 때론 속삭이고 더러는 가슴으로 노래하고 어떨 땐 생뚱맞을 정도로 소리 지르기도 하는 나의 이야기를 들려주고 싶"다고도 말한다. 이를 되새길 때, 우리가 집중해서 탐색해야 할 부분은 망향의 시보다는 후자의 키워드인 언어트릭의 시에 주목해야 할 것으로 보인다.

그러나 또 한 가지 간과할 수 없는 부분은 손준식은 시인이기도 하지만 《인간과문학》에서 수필가로 등단한 작가이기도 하다는 점이다. 그래서 서사수필이 그러하듯 고향의 모티프로 한 시들의 경우에 서사 구조의 이야기시로 독자들에게 다가가고 있다는 점이다. 수필의 진솔성과 진정성을 무장하고 있는 것이 그것이다. 이점을 고려하여 새롭게 태어나려 하는 손준식 시인의 시세계를 탐색하자.

1. 망향과 사모곡의 시인

먼저 이 시집의 표제시인 〈나뭇잎 편지〉를 보자. 이 시의 첫 연은 이렇게 노래된다. "남한강물 젖줄 삼아/ 팔남매 키운 어미 느티나무/ 현모양처 놀이 하느라/ 삼백줄 넘나드는 나이테/ 잊은 지 오래다"에서 시인의 집은 남한강과 관련 있는 공간이며. 팔남매는 자신의 동기간 숫자임을 알 수 있지만, '삼백줄 나이테'를 상징하고 있는 것이 많은 세월을 의미하는 것이지만 그 '삼백줄'은 삼백년이나 된 고향의 느티나무를 의미할 것이다. 그리고 두 번째 연인 "폭풍우 지나가며 할퀸 몸통/ 숯덩이 된 지 언제든가/ 가물거리는 기억

속으로/ 내 모습 파고 든다"는 감각적인 탁월한 표현
의 의미로 시인의 유년이라는 시간과 고향이라는 공
간을 소환하겠다는, 혹은 그 속으로 스며 들어가겠다
는 시인의 정조가 나타나는 부분이다. 그리고 끝 연의
"햇볕 정다운 오늘/ 강바람 배달부 편으로/ 진심 담
은 나뭇잎 편지/ 띄워 보낸다"(이상 시 〈나뭇잎 편지〉 전
문 인용)가 의미하는 공간은 '나뭇잎 편지'가 표상하고
있는 서정적인 시를 엽서에 써서 보내겠다는 의미일
것이다. 그 첫 번째 '나뭇잎 편지'가 시 〈코스모스 꽃
길에서〉 친정엄마에게 보내는 시이다.

고추잠자리 날개 위로
시월 햇살 파르르
꿈꾸는 오후
도돌이표 찍어 보는
코스모스 꽃길

저만치 피어 있는
가녀린 꽃잎 위로
떠오르는
쪽진 친정엄마

살아생전 자식 사랑
꽃길 위로 흘러내리네

나는 한 마리 노랑나비

뱃전에 날개 접고 앉으리
-시 〈코스모스 꽃길에서〉 전문

시각적인 이미지가 뛰어난 시이다. 특히 1연의 색채 이미지는 시월의 햇살처럼 찬란하고 아름답다. 그러나 이런 풍경 속에서 시인은 친정엄마를 생각한다. 그 친정엄마는 시 〈핏빛 멍울〉에서 보여준 엄마일 것이다. "홰치며 우는 장닭 소리/ 보리밥 뜸 들이는 구수한 내음/ 하얀 행주치마 분주한 어머니"이며, 또한 "장죽 담뱃대 허리춤 꽂고/ 새벽 잠 없이 온 동네 주름잡던/ 우리 할머니"와도 같은 '핏빛 멍울'로 표상되는 시인의 어머니일 것이다. 그 어머니의 사랑을 시인은 끝 연에서 "나는 한 마리 노랑나비/ 뱃전에 날개 접고 앉으리"라고 절절하게 노래한다. 여기에서의 '뱃전'이 의미하는 것은 친정엄마의 곁으로 가는 뱃전일 수도 있지만, 유년의 고향으로 가는 뱃전일 수도 있을 것이다. 시 〈이장移葬〉에서의 "친정어머니 저승 집/ 이사하는 날/ 윤사월 초이레/ 하늘의 문 좁은 집에서/ 탁 트인 자하연 집으로"로 향하는 시인의 마음을 표상하는 공간이기도 할 것이다.

넘실거리는 벼이삭들
허수아비 오수 즐길 때쯤
쪼르르 날아드는 아기 참새들이

둥지 찾아 떠날 때쯤

저녁노을 그림자 따라
수태아재 꼴망태 메고 오는
허기진 발자국소리

부엌 문지방이 닳도록 넘나드는
어머니 하얀 행주치마폭 사이로
흙담 아래 피어나는 아담한
소국향기

추억 샘물 한 두레박
시린 가슴 만추에 취해서

-시 〈꿈 속 창가에서〉 전문

　　위의 시 〈꿈 속 창가에서〉의 공간은 고향이고 시
간은 만추이다. "허수아비 오수 즐길 때쯤/ 쪼르르 날
아드는 아기 참새들"이라는 시각적인 고향의 이미지.
2연의 "둥지 찾아 떠날 때쯤/ 저녁노을 그림자 따라/
수태아재 꼴망태 메고 오는/ 허기진 발자국소리"이라
는 시각적, 청각적 이미지와 "부엌 문지방이 닳도록
넘나드는/ 어머니 하얀 행주치마폭 사이로/ 흙담 아
래 피어나는 아담한/ 소국향기"라는 고향집의 후각적
인 이미지, 그리고 마지막 연의 "추억 샘물 한 두레박/
시린 가슴 만추에 취해서"하는 미각과 촉각적 이미지
로 시인의 고향의 모든 것을 표현하고 있다는 점에서
이 시 〈꿈 속 창가에서〉는 망향시의 백미白眉라 할 수
있을 것이다.

이 시에서의 '하얀 행주치마의 어머니'는 시 〈어머니 치매〉에서의 "그래도/ 지난날 시집살이 못 잊어/ 새벽차 타고 가야 한단다/ 시어머니 밥 해주러// 단정한 옷매무새/ 아침이슬같이 맑은 정신 줄/ 어디에 걸어"둔 어머니일 것이다.

그리고 시 〈호롱불빛 희미하건만〉에서의 "깊어가는 겨울밤/ 창호지 문틈으로 흐르는/ 하얀 달빛 등에 업고/ 바늘귀 실 매달고/ 양말 기우시던 우리 어머니"이다. 시인은 이렇듯 유년 시절 고향의 어머니에서부터 최근의 어머니까지 여러 모습의 어머니를 여러 편의 시에서 노래하고 있다는 점으로 보아 사모곡의 시인이라 지칭될 수 있을 것으로 보인다.

2. 가장 경제적으로 절제된 감각적 이미지

서정시는 "인간의 정서나 사상을 가장 짧게 표출한 주관시"이다. 이 서정시의 정의에서 우리 시간의 최근 경향을 비추어볼 때, 새삼 주목되는 부분은 "가장 짧게"이다. 이 말이 의미하는 것은 산문처럼 길어만 가는 요즘의 시가 아닌 절제된 시 혹은 압축된 시 또는 긴장, 텐션의 시를 의미한다. 시가 보유하고 있는 특징 중 가장 장점 요소는 어느 장르보다도 짧다는 것이다. 가장 짧을수록 혹은 삶의 본질과 인간의 본체를 가장 짧게 압축해서 보여줄 수 있는 시가 가장 좋은 시라는 의미이다.

이에 따라 손준식의 단시 몇 편을 감상하려 한다.

①
춘천가도 골목
노란꽃잎 입에 물고 서 있는
아담한 해바라기
눈 시린 태양 하얗게
제비집 같은 카페 뜨락

-시 〈적요寂寥〉 전문

②
날개 펴고
까만 점 되어
허공 위로 날아 오른다
도화지 위 그려놓은 듯한 논밭
가르마 농로
눈보라 속 피어나는 복수초 노란꽃잎

-시 〈솔개〉 전문

③
가을볕 머리이고
소슬바람 살가워
자하연 보금자리 털고 일어난 그대

조카 내외 약주 한 잔 올리니
너털웃음 허공 위로 날아 오르고

눈 감으면 맞닿는 손길

이승저승 한길 되어

칡넝쿨 위로 뻗어간다

-시 〈해후〉 전문

모든 시에서 제목은 그 시의 키워드가 된다. 제목의 무게는 시 본문의 무게와 버금간다. 특히 짧은 시의 경우에는 더욱 그러하다. 시의 글감이 제목이 되기도 하고, 시의 모티프가 제목이 되기도 하지만 시의 제목은 시의 키워드이다.

시 ①의 글감은 골목, 해바라기, 카페 뜨락이다. ②는 솔개이다. 그리고 ③의 글감은 '그대'라고 지칭되는 그 누구이다. 이 시의 경우는 키워드가 되는 화두가 '그대'라는 대명사이기 때문에 그 존재를 이해하기 위해서는 시 전체의 맥락을 살펴야 한다. '그대'와의 만남, 해후를 이 시는 그리고 있기 때문이다. 이 시의 3연의 "눈감으면 맞닿는 손길/ 이승저승 한길 되어/ 칡넝쿨위로 뻗어간다"는 시행과 2연의 "조카 내외 약주 한 잔 올리니"를 보면. '그대'라는 존재는 저승의 언니, 자매와 같은 존재일 것이다. 그리고 그와의 만남을 "이승저승 한길 되어/ 칡넝쿨 위로 뻗어간다"고 표현하고 있는 점이 주목된다.

하지만 이 시보다 더 주목받는 받는 시는 ①과 ②이다. ①의 시 〈적요寂寥〉는 "춘천가도 골목/ 노란꽃 잎 입에 물고 서 있는/ 아담한 해바라기" 그리고 "눈 시린 태양 하얗게/ 제비집 같은 카페 뜨락"을 통해서 "적적하고 고요하다"는 한가로운 풍경과 삶의 은유적 모습을 보여준다. 그리고 ②의 시는 "날개 펴고/ 까만 점 되어/ 허공 위로 날아오른다/ 도화지 위 그려놓은 듯한 논밭/ 가르마 농로/ 눈보라 속 피어나는 복수초 노란꽃잎"이라고 하늘의 솔개를 '까만 점'으로, 지상의 풍경을 눈보라 속에 핀 복수초 그리고 있어 색채 이미지로 경외로운 자연의 풍경을 보여준다.

시 〈내 영혼에게〉는 세 편의 짧은 시편을 하나로 묶은 시이다. 시인의 영혼이라는 모티프를 놓고 쓴 짧은 심상의 시 세 편을 구성미학을 살려 하나로 묶은 시이다. 이런 유형의 시는 한 편 한 편이 독립적으로 시가 되면서 세 편이 하나의 시로서의 역할을 한다는 점이다. 이 시의 제목은 '내 영혼에게'이다. 그러니까 시인은 이 시에서 자신의 영혼에게, '1'에서 "신비스런 전율 느끼면서/ 한번 만나보고 싶은 너/ 개미굴 같은 내 마음속이라/ 들어갈 수가 없다"라고 노래하면서 이 시의 서두를 시작한다. 그리고 '2'와 '3'은 이렇게 노래한다.

2
햇빛 좋은 날
두 손 맞잡고
뜨거운 인사 나누면 좋겠다
하얀 정자 아래
커페라떼 한 잔 시켜 놓고

타인같이 외면하지 말고
닫힌 마음 빗장 열어
신선한 공기로
순환시켜 보자

3
겨울잠 드는 날
너와 나
바람 되어 떠날 텐데
하늘 위로 땅 위로

-시 〈내 영혼에게〉 전문

위의 시 〈내 영혼에게〉의 '2'와 '3'에서 시인은 자신의 영혼에게 직설적으로 말한다. "타인같이 외면하지 말고/ 닫힌 마음 빗장 열어/ 신선한 공기로/ 순환시켜 보자"고. 그리고 마지막 '3'에서는 "겨울잠 드는 날/ 너와 나/ 바람 되어 떠날 텐데/ 하늘 위로 땅 위로"라는 알쏭달쏭한 언어로 노래한다, 선험적인 죽음의식에서 터져 나오는 노래인 셈이다. 이를 좀 더 정확하게 알기 위해서는 이제 그의 내면 깊숙이 들어가야 할 것이다.

3. 내면 탐색과 성스러움의 미학

시인의 원초적인 정서를 살피기 위해서는 우선 시

인의 유년 체험을 형상화한 시부터 살펴보아야 할 것이다. 그런 뒤 현존재의 모습을 탐색해야 한다. 그런 점에서 우선 유년의 모습이 투영된 시 〈단발머리 여자아이〉부터 읽자.

> 샛길을 달음박질하듯
> 한 다리 두 다리 번갈아가며
> 나무대문 열고 뛰어가는 너
>
> 대청 한가득
> 잊고 지낸
> 햇감자 김이 오르고
>
> 어머니 남동생 잠재우는
> 부드러운 손길이 눈물겹고
> 할머니 장죽 터는 소리
> 걸쭉한 헛기침에
>
> 모래성 무너지듯
> 허무하게
> 새벽잠에서 깨어난다
> 양 볼에 흐르는 찬 기운 느끼면서
>
>   -시 〈단발머리 여자아이〉 전문

이 시는 새벽잠에서 깨어나기 전 꿈속에서 꾼 시인의 유년의 모습을 그린 시이다. 활달한 유년의 시인.

그리고 남동생을 재우는 어머니. 장죽 터는 할머니의 헛기침으로 표상되고 있는 시인의 고향 풍경은 언제나 그리운 고향 풍경이고 양 볼에 흐르는 찬 기운을 느끼게 하는 고향이다. 그리고 시 〈이 가시나야〉의 첫 행 "이 문둥아 잘 있었니"을 묻게 하는 친구의 목소리이다. 그 목소리를 시인은 "조청 같은 끈끈한 정이/ 목젖을 타고 내린다"고 표현한다.

이 문둥아 잘 있었니
경상도 가시내 첫 마디가
달콤한 백 마디 인사치레보다
조청 같은 끈끈한 정이
목젖을 타고 내린다
그 목소리 그리워
핸드폰을 두드려본다
뜨끈한 밥시기 잘먹고
추위 타지 말거래이
흰 머리카락이
득세하는데도 너는
내 영원한 노스텔지아
이 가시나야

-시 〈이 가시나야〉 전문

위 시에서 주목되는 부분은 시 하반부의 "그 목소리 그리워/ 핸드폰을 두드려본다/ 뜨끈한 밥시기 잘먹고/ 추위 타지 말거래이"라는 밥걱정과 추위 걱정이다. 시인의 유년시절과 그 당대의 친구들의 안부는 이것과 깊은 관계가 있기 때문일 것이다. 그리고 그 모든 것의 추억들을 시인은 "흰 머리카락이/ 득세하는 데도 너는/ 내 영원한 노스텔지아/ 이 가시나야"라고 불특정한 친구들의 이름을 부른다.

동지가 지난 어느 날
배탈이 났지
매무새 흐트러진다고
절식 권유했건만

시계바늘 초침 소리만 들어도
허기가 지는
체질인가보다
타고난 건 어쩔 수 없지만

맑은 날 야산 황톳길
맨발로 걷다 보면
너에 대한 건강 염려증
솔바람이 데려가겠지

-시 〈나이〉 전문

위의 시 〈나이〉는 제목 그대로 '나이'에 대한 시인의 인식을 형상화한 시인이다. 배탈이 나고, 옷매무새가 흐트러지는 것도 나이 탓이라고 하지만 시인은 "맑은 날 야산 황톳길/ 맨발로 걷다보면/ 너에 대한 건

강 염려"된다는 인식은 '나이'를 의인화하면서 건강을
"솔바람이 데려"갈 것이라는 인식은 자연친화사상을
극대화한 인식으로 볼 수 있을 것이다.

　시 〈까마귀 한 마리〉는 행간에 숨어 있는 이야기
가 많이 드러나지 않은 시이다. 여기에서의 '까마귀 한
마리'가 표상하고 있는 것이 '남편의 영혼'을 의미한다
는 점에서 주목되는 시이다.

　　　꿈속 달력 추석 날짜 위에
　　　남편이 덩그러니 앉아 있고
　　　산바람이 내 손을 잡았다

　　　제물은 본체만체
　　　나는 술이 최고야 하면서
　　　너털웃음 치는 소리
　　　산자락 끝에 머리 위로
　　　원 그리며 기웃거리는
　　　까마귀 한 마리

　　　상석 위에 마른 오징어
　　　한 마리 찢어 놓고
　　　종이컵에 술 가득
　　　오는 길 뒤돌아 보니
　　　눈물이 난다

　　　　　　　　　　　-시 〈까마귀 한 마리〉 전문

행간 스토리는 이렇다. 어느 해 추석날, 시인은 산 바람에 이끌려 남편 무덤을 찾는다. 상석에 제물을 차리고 술을 따르자 남편이 제물보다는 술이 최고라고 너털웃음으로 술만 마시자, "산자락 끝에 머리 위로/ 원 그리며 기웃거리는/ 까마귀 한 마리"가 나는 것이 보인다. 이 부분의 이야기가 시를 되게 하는 상상력이지만 남편의 표상물로서 까마귀를 설정하고 있는 것이 특별하다.

　　까마귀는 어느 조류보다도 지능이 높고 효심이 강한 날짐승이라고 한다. 우리 한민족에게 까마귀는 신성한 동물이다. 태양의 상징으로 숭배 받은 고구려에서의 삼족오, 신라의 사금갑 설화. 견우와 직녀 설화의 까마귀, 삼국시대 연오랑과 세오녀 설화 등, 그리고 조선조 후기까지 까마귀는 길조로 하늘과 땅을 잇는 신성한 존재로 인식되어 왔다. 그처럼 시인은 까마귀로 표상하고 있는 남편의 존재를 신성화하고 있는지도 모른다. 그러나 보다 중요한 것은 시인의 상상력 속에서는 하늘과의 소통을 꿈꾸고 있다는 점이다. 그것이 진정성 있게 나타난 것은 신성화하고 있는 존재인 성모님일 것이다. 시 〈성모님께〉가 그것이다.

　　골고다 언덕 위로/ 흘리신 피눈물/ 강물 되어 흐르건만/ 성모님 아픈 가슴/ 백합꽃 되어/ 우리에게 향기 뿌려 주시니/ 눈물이 납니다// 묵주알 가득 가득/ 두 손 모아 바치오니/ 너그러우신 자애로/ 품어주시기를// 세속에 집착하여/ 신심이 흐트러지는 날/ 마리아 군단의

위엄으로/ 다스려 주시기를/간청합니다// 아드님 성자
의 보혈로 이룩한/ 이 대지 위로/ 오월 햇빛이 눈부시게
/ 내리는 날/ 성모님 푸른 망토에/ 입맞춤 올립니다

-시 〈성모님께〉 전문

　이 시는 신앙고백시이기도 하지만 종교시로서의
표본이 된다. 이런 종교시의 경우 일반적으로 문학적
평가 국면에서는 좋은 평가를 받지 않는다. 하지만 시
인의 정신세계를 혹은 시인의 영혼을 가늠하는 기준
은 된다. 성서에서 영혼이라는 말은 인간의 생명이나
인격 전체를 의미한다. 그리고 인간의 가장 내밀하고
가장 가치 있는 것을 가리킨다. 특히 인간의 영적 근
원을 의미하기 때문에 시인의 정신세계와 긴밀한 관
계를 가질 수 있기 때문이다. 영성은 신령한 품성이나
성질 즉 영혼이 지니는 품성으로 성스러움 혹은 거룩
함의 미학과 관련이 있기 때문에 그 영성의 미학은 간
과할 수 없는 시인의 정신세계이다.

　그럼에도 불구하고 손준식 시인이 종교시를 쓰는
이유는 성스러움 혹은 거룩함의 미학을 접하기 위해
서일 것이다. 보이지 않는 세계에 대한 가치를 간과하
지 않기 위해서 일 것이다. 이 점을 구체화하는가라는
문제는 좀 더 지켜봐야 할 것이다.

　필자는 손준식 시인을 이 평설의 서두에서 '귀 밝
은 시인'이었다고 말한 바 있다. 그러나 이 시집을 일
별하는 동안 그는 노래하는 시인이기도 하지만 눈 밝
은 시인임을 다시 확인할 수 있었다. 제1시집《어느 민

들레의 삶》에서 보여준 시 경향이 고향을 그리워 노래하는 시인이었다면, 제2시집 《나뭇잎 편지》는 이런 맥락을 계승하고 그 그리움을 절제하고 이미지를 중시하는 눈 밝은 시인으로 하늘과도 소통하려는 영성의 시인으로 나아가는 가능성을 보여주었다는 점에서 주목하게 된다.

다름시선 004
손준식 시집
나뭇잎 편지

지은이 손준식
펴낸이 김은중
펴낸곳 다름북스
디자인 홍세련

1판 1쇄 2024년 2월 20일

출판신고번호 제2021-000252호
전화 070 7678 7471
블로그 blog.naver.com/dareums
전자우편 dareums@naver.com

ISBN 979-11-975963-5-3 (03810)